KB233321

겨울, 도쿄

겨울, 도쿄

NTX 지음

마리북스

2020년 즈음, 전 세계는 코로나의 블랙홀로 들어갔다.
세상의 모든 공연이 멈추고, 음악도 한쪽 날개를 잃은 기분이
었다.

우리 NTX에게는 세상과 단절된 채 오로지 연습 또 연습만
있던 시기였다. 마음속에 있던 모든 열망과 갈망을 꾹꾹 누른
채, 혹독한 연습으로 춤과 노래의 감각을 몸에 새기고 뼛속으
로 녹아들게 하던 시기였다.
그렇게 우리는 세상에 다시 나갈 준비를 했다.

2022년 겨울, 드디어 우리는 둥지를 탈출해 일본으로 갔다.

아무런 약속도 기약도 없었지만, 우리는 들떠서 김포공항에서 도쿄행 비행기를 탔다.

일본 공연은 큰 기대를 하지 말자고 마음속으로 다짐하고 또 다짐하면서.

첫 공연에는 관객이 아무도 안 올 수도 있다는 이야기를 수십 번 들었다. 우리는 해외 첫 공연에 대한 기대를 완전히 접은 채 비행기에 올랐다.

그래도 마냥 좋았다. 새로운 도전을 시작하기에.

그렇게 '시작하는 사람들의 꿈을 향한 간절한 갈망과 열정, 서투름'을 안고 우리는 일본에 도착했다.

한국에서는 아직 'NTX'라는 이름을 마음껏 불러보지 못한 채, 그 겨울을 시작으로 우리는 도쿄와 오사카를 오가며 'NTX, 우리들의 이야기'를 써나갈 준비를 했다.

2021년 데뷔 이후 다섯 번의 여름과 겨울이 지났다.

《겨울, 도쿄》는 우리들의 시작, 'NTX의 꿈을 향한 청춘의 기록', '젊은 날의 초상'이다.

겨울, 도쿄

푸른 바다에 유리병 편지를 띄우듯 시작하는 모든 이들에게
우리의 이야기를 전하고 싶다.
'시작은 내딛기만 해도 괜찮다'고.

2026년 1월

NTX

4

5

1

처음 가는 일본, 여행이 아니었기에 그리 들뜨진 않았다.

나는 아이돌이 되었고, 공연을 하려고 일본에 간다. 공연이 잘되고, 잘했으면 좋겠다는 생각만 가득했다.

여행지의 풍경을 보고 문화를 즐기고 감상하는 것도 즐겁지만, 그보다 지금 내가 목표로 하는 일에 매진하는 게 더욱 의미가 있다.

평소 나는 여행을 그다지 좋아하는 편은 아니었다. 그래도 고등학교 수학여행 이후로 오랜만에 비행기를 타니 어디론가 떠나는 설렘이 느껴졌다.

공항에 도착해서 수하물을 부치고 티켓을 확인하고 비행기가 이륙하자 '아, 진짜 가는구나!'라는 생각이 들었다.

좀 재미있었고, 좀 설렜고, 그만큼 무덤덤하기도 했다.

멤버들과 함께 가는 첫 해외 스케줄, 어떤 일이 펼쳐질지 알 수 없다. 마냥 좋아할 수도 없었고, 걱정한다고 될 일도 아니었다.

처음은 조심조심 내딛기만 해도 좋다고 생각했다.

ㄱ 발음, 별거 없네!

도쿄 하네다 공항에 도착했다.

공항 여기저기에 보이는 광고판의 일본어 글자 중 겨우 5퍼센트 정도만 알아볼 수 있었다. 그렇게 열심히 일본어 공부했는데 말이다.

"여기가 일본이구나!"
"<너의 이름은>에서 나온 풍경이네."
"와, 그냥 서울이랑 비슷한 거 같은데?"
멤버들은 저마다 도쿄에 대한 감상을 말했다.

겨울, 도쿄

여기저기서 들리는 일본어, 진짜 일본에 왔구나 실감하는 순간이었다.

한국에서 일본어 공부를 할 때 유독 'つ' 발음이 잘 안 되어 일본 사람들이 발음하는 걸 유심히 들었다.
그리고 내가 내린 결론은…,
'つ 발음, 별거 없네!'
하네다 입성, 그 순간은 못할 게 없을 것만 같았다.

하지만 현실은 그리 호락호락하지 않았다.

첫 공연, 케이 스테이지

도쿄의 신오쿠보에 있는 케이 스테이지.

이곳이 우리의 첫 공연장이었다.

수용 관객 수 100명 남짓한 소극장이었지만, 우리에게는 굉장히 의미있는 공연장이다.

솔직히 말하면 처음에는 좀, 아니 많이 실망스러웠다. 좌절감이 없었다고 하면 거짓말이다.

"우린 이제 시작일 뿐이야!"

나 스스로에게, 멤버들에게 다짐의 말을 건넸다. 처절한 우리

겨울, 도쿄

의 외침이기도 했다.

'우린 열심히 하니까 계속 하다보면 좋은 날이 올 거야!'

일본에서 K-POP이 불모지였던 시절, 우리 선배들은 더 힘든 상황, 더 모진 말들을 들으며 시작했다고 한다.

그래도 이 정도면 우리는 나쁘지 않은 상황이었다. K-POP에 대한 인지도도, 이제 시작하는 우리의 위치도.

우리도 충분히 할 수 있고 이겨낼 수 있다고 생각했다.

일본에서 처음 공연을 했던 곳이어서인지, 지금도 그때의 설렘이나 떨림이 고스란히 남아 있다.

바람 한 점 없는 나른한 오후, 우리는 양손에 A4 절반 정도 크기의 종이를 한 움큼씩 쥐고 거리로 나섰다.

처음 보는 거리 풍경과 다른 언어를 쓰는 사람들 사이로 비집고 들어갔다. 그 좁은 골목에서 NTX, 우리의 이름을 알리는 첫 홍보 활동이 시작되었다.

처음이었다.

낯선 사람들에게 무엇을 나눠주는 것도, 우리 이름을 알리는 것도.

진짜 내가 아닌 4차원 속의 내가 움직이는 듯했다.

진짜 나는 공중에 붕 떠서 그런 나를 내려다보고 있고 말이다.

무엇이든 처음이 어렵다고 했다. 나도 그랬다.

그전에는 수줍음이 많아 낯선 사람에게 말을 거는 일은 상상조차 하지 못했다.

그런데 지금은 낯선 사람에게 말을 거는 것은 물론, 친근한 표정을 짓고 홍보 전단까지 나누어주어야 했다.

내가 과연 그 일을 할 수 있을까 걱정이 가득했다.

하지만 낯선 거리, 낯선 사람들이 주는 가벼움 때문일까.

그러니까 관계라는 끈이 바람 속으로 사라져버린 듯한 편안함이 나를 대범하게 만들었다.

늘 멤버들의 뒤만 따라 걷던 내가 언제부턴가 앞장서서 걷고 있었다.

지금 생각하면 나도 n분의 1 몫은 해야 한다는 부담감, 나도 할 수 있을 거라는 스스로에 대한 기대 때문에 용기를 냈던 것 같다.

겨울, 도쿄

PR 울렁증

시하

나는 모르는 사람한테 말 거는 게 어색하고 힘들다.

PR을 돌 때 많이 힘들었다. PR을 나가기 전부터 울렁증이 살짝 몰려왔다.

그래도 막상 거리에 나가면 그나마 나았다. 정말 다행이었다.

아무리 하기 싫은 일도 일단 행동에 옮기면 어떻게든 하게 되나 보다.

그런데 호준이가 PR을 그렇게 잘할 줄이야!

호준이의 새로운 재능을 발견했다. 무엇이 수줍음 많은 호준

겨울, 도쿄

이를 그렇게 움직이게 하는지 놀라울 뿐이었다. 눈이 동그래지며 호준이가 달리 보이는 순간이었다.

나는 그런 호준이를 슬쩍슬쩍 곁눈질로 보며 쭈뼛쭈뼛 홍보 전단을 사람들에게 내밀었다.

그 사람에게 어떤 재능이 있는지는 해보지 않으면 모른다.

나한테는 또 어떤 재능이 있을까?

예정에 있던 홍보 PR을 하면서 호준이의 새로운 재능을 발견했듯, 우리의 무궁무진한 재능이 발현되는 순간이 올까?

그것이 궁금하다.

긴장, 설렘, 무대

일본에서의 첫 무대.

공연 시작 시간은 다가오고, 내 손은 점점 땀이 차올랐다.

심장 소리도 더 세게 요동쳤다.

혹여 실수하면 어쩌지? 내가 잘할 수 있을까?

온통 불안과 의심의 마음이 몰려왔다.

우리를 바라보는 처음 보는 팬들,

그리고 낯선 공연장,

긴장으로 내 표정은 점점 굳어져 갔다.

겨울, 도쿄

그래서였을까, 일본에 오기 전에 그토록 외웠던 일본어 단어들이 하나도 떠오르지 않았다. 내 머릿속에 지우개라도 있는 듯 깔끔하게 지워졌다.

해외 첫 공연에 대한 기대, 잘 해내고 싶은 욕심.

우리는 팬들과 소통하고 싶은 말들을 노트에 하나씩 써내려갔다.

그런데 그 말들이 하나도 기억나지 않았다.

지금 보면 이렇게 쉬운 말들인데….

무대와 공연은 아무리 익숙해지고 싶어도 쉽게 익숙해지지 않는다. 그때도 지금도 우리는 늘 무대와 공연, 팬들 앞에서는 아이처럼 긴장하고 설렌다.

일본 공연에서는 mc 멘트가 필요하다.

아직까지는 일본어로 내가 하고 싶은 말을 자유롭게 할 수 있는 수준은 못 된다. 그러니 일본어 멘트를 미리 준비해야 한다. SNS나 유튜브로 찾기도 하고, 일본어 선생님들께 여쭤보기도 한다. 안타깝다. 마음은 이미 엔티플과 소통하고 있는데, 그 마음을 자유롭게 표현하지 못하다니!

비록 완벽한 일본어를 구사하지는 못하더라도, 그래도 톡톡 튀는 재미있는 아이디어를 많이 낸다면 무대가 훨씬 더 활기차지 않을까?

겨울, 도쿄

언젠가 우리도 일본 예능 방송 프로그램에서 시청자들 빵빵
터지게 하는 재미있는 토크를 하는 날이 오겠지?
누군가 그랬다. 꿈은 이루어지기 위해서 있는 거라고.
그래, 의심하지 말고 무작정 해보는 거다! 그런 마음으로 단어
하나라도 더 찾아본다.

なにゆめみてんの
꿈노 아무지디

どっちもどっちだ
거기서 거기다

처음 하는 일은 늘 예측할 수 없어 긴장이 된다. 그런데 무슨 일이든 막상 시작하면 걱정했던 것보다 할 만한 경우가 많다. 일본에서 처음 열린 특전회도 그랬다.

우리는 첫 일본 공연에 대해서 많은 기대와 상상을 했다. 그리고 각오를 다지고 또 다졌다.

'더욱 성장하는 NTX가 되자!'

일본에 가기 전부터 우리끼리 늘 마음의 대비를 해서인지 오히려 무대는 큰 걱정을 하지 않았다. 아니, 오히려 우리는 자

겨울, 도쿄

신이 있었다.

그런데 한국과 달리 일본에서는 공연이 끝나면 특전회라는 게 열렸다. 특전회는 팬들을 직접 만나서 이야기도 나누고 사인도 해주고 사진도 함께 찍는 일본 공연 문화의 하나였다.

일부 팬들은 무대 공연보다는 가까이에서 아티스트를 직접 만날 수 있는 특전회 시간을 더 기대한다고 한다.

그러나 아직 일본어가 서툴고 팬들과 직접 만나는 것이 어색했던 우리는 팬들에게 어떻게 나가야 할지 몰랐다. 팬들의 이름을 물을 때도 쭈뼛쭈뼛 다가가 소심하게 묻고는 재빨리 다음 사람에게로 넘어갔다.

이렇게 첫 특전회는 "아리가또 고자이마스"만 외치다 끝난 것 같다. 그 시간이 어떻게 지나갔는지도 모르겠다. 그런데 공연이 한 번 두 번 진행될수록 특전회도 점점 자연스럽게 다가왔다.

사람은 적응의 동물인가 보다. 어느새 팬 한 사람 한 사람 만나며 함께 호흡을 맞춰나가는 시간이 좋아졌고, 심지어 점점 기대가 되었다.

공연을 하는 우리에게 메이크업은 중요하다.

이상하게 메이크업을 하고 나면 평소의 내가 '무대 체질'로 탈바꿈하는 느낌이랄까?

공연을 거듭할수록 멤버 각자에게 어울리는 메이크업도 점점 찾아가는 듯하다.

공연 문화가 다르듯이 메이크업도 일본과 한국이 좀 다르다.

한국은 헤어를 해주는 선생님과 메이크업을 해주는 선생님이 따로따로 있다. 반면 일본은 헤어와 메이크업을 한 선생님이 모두 해준다.

처음 도쿄에 갔을 때 메이크업이 끝나고 자리에서 일어나려고 했는데, 헤어도 같은 선생님이 한다는 걸 알고 신기해했다. 요즘도 메이크업을 하고 나면 자리에서 일어날 때가 있다.

또 파운데이션을 바르는 방식도 조금 다르다. 한국에서는 파운데이션을 얇게 펴서 여러 번 덧바르는데, 일본은 처음부터 조금 두텁게 바른다.

일본에서 처음 메이크업을 받을 때는 '너무 두텁지 않을까?' 걱정을 했다. 그런데 살짝 두터우니까 무대에서 공연할 때 땀을 흘려도 잘 지워지지 않아서 좋았다.

겨울, 도쿄

핸드 마이크

이번 일본 공연에서 처음으로 멤버 모두가 핸드 마이크를 사용하게 되었다.
공연 전 우리는 조심 또 조심하자고 말했다.
공연이 시작되고 다행히 나는 한 번도 마이크를 떨어뜨리지 않았다. 그런데 멤버들이 돌아가면서 마이크를 계속 떨어뜨려서 분위기가 싸해졌다.

사고는 방심할 때 찾아온다.
드디어 내게도 사고가 터졌다.

겨울, 도쿄

로현이의 마이크가 내 팔꿈치에 강하게 맞고 날아갔다.

정말 너무 미안하고 마음도 아팠다.

차라리 내 마이크가 날아갔더라면….

로현아, 미안해!

2

지금까지 한국과 일본을 오가는 비행기를 10번도 넘게 탔다.
처음에는 비행기가 이륙할 때부터 착륙할 때까지 많이 긴장
했다. 한 번 가고 두 번 가고 비행기를 타는 횟수가 늘어날수
록 비행기 이착륙도 익숙해졌다.

비행기를 타고 하늘 위로 보이는 구름떼도 마냥 예뻐 보인다.
푸른 하늘에 뭉게뭉게 떠 있는 하얀 구름이 나의 꿈을 싣고 가
는 듯하다.
나를 가고 싶은 곳으로 데려다줄 것만 같다!

처음 일본에 갔을 때 숙소에 방이 하나 부족했다. 그래서 멤버 8명 중 2명은 다른 원룸을 써야 했다. 가위바위보를 해서 진 사람 2명이 다른 원룸을 쓰기로 했는데, 나와 호준이 형이 걸렸다.

그런데 갑자기 시하 형이 나와 방을 너~무 같이 쓰고 싶다고 우겼다. 덕분에 나와 시하 형은 같은 원룸을 쓰게 되었다.

시하 형이 왜 그랬는지는 아직도 잘 모르겠다.

그냥 내가 좋은가 보다.

하긴 은호의 매력을 아는 사람은 빠져나가지 못하지!

겨울, 도쿄

나와 시하 형은 도쿄에서 한 달 가까이 함께 생활했다.

둘이 통하는 게 많았다.

멤버들이 쇼핑하러 가면 쇼핑을 별로 좋아하지 않는 우리는
그냥 같이 산책을 나갔다. 시하 형의 이야기를 듣는 시간도 즐
거웠다.

인형 뽑기도 엄청 했다. 한국에서는 인형 뽑기에 관심도 없는
데, 일본에는 길거리에 인형 뽑기 기계가 많아서인지 그것을
볼 때마다 승부욕이 발동되었다.

이렇게 시하 형과 나의 즐거운 동거가 시작되었다.

우리의 동거는 오사카에 가서도 이어졌다.

한국에서도 우리는 같은 방을 쓰고 있다.

친형보다 더 친형 같은 시하 형. 우리를 이어주는 끈이 무엇인
지 아직도 잘 모르겠다.

다만, 어느 날 갑자기 나에게 다가온 시하 형이라는 인연이 점
점 더 소중하게 생각된다.

언젠가 시하 형한테 물었다.

"근데 형, 나랑 왜 방 같이 쓰고 싶었어?"

시하 형의 시크한 대답이 되돌아왔다.

"응, 원래 내가 말도 많고 장난기도 많잖아. 다른 멤버들은 한 두 번 받아주고 마는데, 너는 끝까지 다 받아주더라고!"

헉! 단순히 이런 이유일 줄이야.

어찌 되었든 이제 우리는 서로의 속마음도 다 이야기하는 사이가 됐다.

겨울, 도쿄

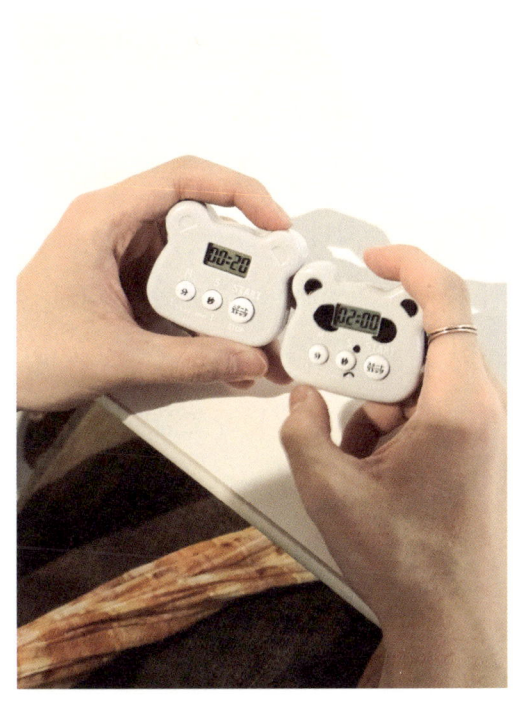

너의
이름은

신카이 마코토 감독의 애니메이션 <너의 이름은>을 감히 나의 인생 영화로 꼽는다.
사실 처음에는 영화에 흐르는 래드윔프스의 노래가 좋아서 이끌렸던 영화다.
아, 그런데 이렇게 나의 감성을 자극할 줄이야.

머리끈으로 이어진 두 주인공의 인연, 닿을 듯 닿지 않는 만남의 이야기가 오래도록 마음에 남았다.
내 가슴을 설레고 두근거리게 만들었다.

겨울, 도쿄

그리고 사람의 인연을 생각해 보게 만들었다.

간혹 흔들리고 의심할지라도

모든 인연은 만난 이유가 있을 것이다.

영화를 보고 나서도 <너의 이름은>의 OST를 들으며 영화 속 장면을 떠올리기도 했다.

OST의 모든 곡이 좋지만, 그중에 하나를 꼽으라면 <DATE> 디. 이 곡은 처음 듣는 순간부터 "아~" 하는 탄성이 나왔다.

좋은 영화, 좋은 책을 만나는 것도 좋지만, 역시 나는 좋은 음악을 만날 때가 가장 행복하다.

좋은 음악은 나의 의욕을 가장 부추긴다.

깍
깍
울
어
대
는
까
마
귀

호준

도쿄에서 시하 형이랑 함께 생활하는 한 달 동안은 굳이 알람 시계가 필요 없었다.

내가 일어나야 할 시간에 꼭 맞춰 깍깍 울어대는 까마귀들 덕분이었다. 더 자고 싶어도 녀석들이 어찌나 울어대는지 일어날 수밖에 없었다.

그런데 문제는 쉬는 날에도 이 녀석들이 어김없이 울어댄다는 거다.

더 자고 싶은데 울어댈 때는 정말 짜증이 많이 나는데, 까마귀가 날개를 펼치면 나보다 덩치가 클 거 같아 아무 말도 하지 못했다.

그렇게 큰 까마귀들은 처음 봤다.

독수리인가 싶을 정도로 컸고 검은 털에서는 윤기도 흘렀다.

일본 까마귀들은 사람도 무서워하지 않는다고 들었다.

까마귀들은 왜 저렇게 울어댈까?

인터넷을 찾아보니 까마귀들은 자기 영역을 지키려는 속성이 강해서 그토록 울어낸나고 한다. 특히 이 녀석들은 발자국 소리에 예민해서 누가 오면 더 심하게 까악 까악 운다고 한다.

그러니까 자기 영역을 지키려는 녀석들의 집착이 요란한 울음소리를 만들어낸다는 것. 신기했다. 사람이나 까마귀나 자기 것을 지키고 싶어하는 마음은 똑같은가 보다!

내가 지키고 싶은 것은 무엇일까?

꼭
우
리
같
았
던
하
마

너무도 화창한 날씨에 길을 나섰다.

우리의 목적지는 우에노 동물원.

날씨가 너무 좋아 가는 길 내내 사진을 찍었다.

동물원에서 만난 하마.

덩치가 엄청 컸는데 우리는 너무 좁아 보여 안타까웠다.

솔직히 하마가 마음만 먹으면 우리를 다 부수고 나올 수도 있

을 것 같은데, 기특하게도 하마는 잘 참고 있었다.

꼭 우리 같았다.

겨울, 도쿄

그냥 오랜만에 문득 동물이 보고 싶어졌다.

수달도 있겠지?

혼자였다면 가볼 엄두를 내지 못했을 동물원을 그렇게 갔다.

우에노 동물원 앞, 먼저 입장표를 샀다. 입장표마다 다른 동물
이 나와 멤버들끼리 입장표를 비교해보며 신기해했다.

동물원은 꽤 넓었고, 동물 개체수도 꽤 많았다.

수달도 보고, 부엉이도 보고, 냄새 풍기는 하마(미안하지만 너
무 심했어), 멧돼지, 펭귄, 학도 보았다.

한 마리씩 있는 아이들은 그나마 케이지가 넓었는데 외로워

보였다.

여러 마리 함께 있는 아이들은 케이지는 넓었지만 영역 다툼, 서열 싸움을 한다고 모여 있어서인지 좁아 보였다.

야생 동물은 거친 야생에서 생명의 위협을 받으며 살아가지만, 동물원에 있는 아이들은 그런 생존 경쟁을 펼치지 않아서 다행이다.

그래도 얘네들이 부럽지는 않다. 생존 경쟁을 펼치지 않는 동물들에게 '진격의 거인'은 기대할 수 없을 테니까. 지금 우리는 도전, 거친 야생의 초원에서 생존 경쟁을 해야 하는 처지이다. 생존 경쟁에서는 오로지 '생존'이 중요하다. 생존 앞에서는 모든 걸 제쳐야 한다!

일단 생존하고 봐야 한다.

나머지는 다음으로!

겨울, 도쿄

오
다
이
바

로현

마침 노을이 지는 시간에 오다이바에 도착했다.

평소에 바다를 좋아한다.

광활한 자연을 느낄 수 있는 초록빛 아니 푸른빛 바다 너머를

떠올리면 나의 생각도 무한으로 확장되는 느낌이다.

인공 바다 오다이바, 눈앞에 거대한 겨울 바다의 풍경이 펼쳐

졌다.

다만, 바람이 너무 많이 불어서 날아갈 뻔했다.

벗겨질락 말락 하는 모자를 계속 붙잡고 바다로 바다로 걸어

갔다.

겨울, 도쿄

정말 거센 바람에 몸이 앞으로 나아가지 못하고 뒷걸음질칠 때도 있었다.

우리도 저런 모습일까? 비록 느리지만 엎치락뒤치락, 한 걸음 한 걸음 성장하고 나아가는 우리의 모습.

쪼코는 올해 다섯 살이다. 먼치킨이다.

5년 전쯤에 우리 집에 처음 왔는데 아주 쬐끄만해서 쪼코라고 이름을 지었다. 지금은 뚱냥이가 되었지만…. 우리 가족은 쪼코에게 더욱 매몰차야 한다. 밥을 적게 주어야 한다.

요즘은 내가 가족들에게 쪼코 건강 문제로 엄청 뭐라고 해서 밥을 좀 덜 주는 것 같기는 하다. 그래도 여전히 '부타'처럼 뛰어놀지도 않고 한 곳에 앉아 있거나 누워 있기만 한다.

우리 쪼코는 정말 왜 그럴까?

다른 고양이들은 잘만 뛰어논다는데. 이 녀석은 하루종일 먹고 자고 뒹굴뒹굴하는 것 같다.

"쪼코야, 너 그러면 안 돼! 우리 쪼코, 오래 살아야지!"

요즘 집에는 잘 못 가 쪼코 본 지가 너무 오래되었다.
내 동생 쪼코 너무 보고 싶다.
일본에서 형아가 쪼코 얼마나 보고 싶은지 눈이 짓물렀어.
(쪼코 말: 형아, 거짓말 할 꼬야?)
다음 공연 때는 정말 우리 쪼코도 데려오고 싶다. 쪼코도 일본
오면 엄청 좋아할 텐데.
장쪼코, 내 동생!
형아 갈 때까지 밥 조금만 먹고 잘 놀고 있어!

겨울, 도쿄

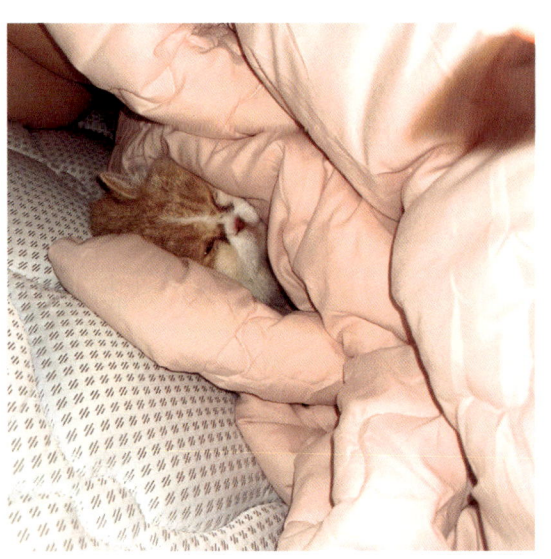

시하 형의 요리 실력

시하 형은 입버릇처럼 요리를 잘한다고 했다.

시하 형 어머니가 요리를 잘해서 어려서부터 맛있는 음식을
먹다 보니 형도 요리를 잘하게 됐다고 한다.

한국의 숙소에서는 불을 사용할 수가 없어 시하 형의 요리 실
력을 확인할 기회가 없었다. 일본 숙소에서 불을 사용할 수 있
게 되자 드디어 시하 형의 요리 실력을 볼 수 있었다.

메뉴는 볶음밥.

정말 맛있었다.

겨울, 도쿄

처음에는 재료가 부족해 맛이 없을 수도 있다고 했다. 그 말은 밑밥이었던 듯. 우리 모두 정말 맛있게 먹었다. 사실 시하 형이 나서서 요리를 안 해주면 우리는 집밥 먹을 기회도 없다. 멀리 떠나오니 멤버들의 색다른 모습도 발견하게 된다.

한 사람에게는 정말 다양한 모습이 존재하는 듯하다.

이 거리에 오면 K-POP의 인기를 실감하게 된다.

거리의 가게마다 K-POP이 흘러나오고, 가게 인테리어들도 한국 가게 같다. 가게의 직원들도 한국어를 다 잘한다. 한국인이 있을 때도 있다. 간판도 모두 한국어다.

이케멘이라는 말은 '잘생긴 남자'를 뜻하는 말이다. 이 거리에 잘생긴 남자(한국 남자)들이 많이 다녀서 이케멘 거리라고 이름을 지었다고 한다.

거리의 가게들에서는 한국 배우들의 포토카드나 굿즈를 팔고 있다. 한국 화장품, 한국에서 많이 사용하는 생활 용품이나 음식, 식재료도 많이 판다.

언젠가 이 거리에서 우리 멤버들의 포토카드와 굿즈도 팔게 되겠지?

그날이 빨리 오길 기대한다.

이 정도면 이케멘 아닌가?

겨울, 도쿄

윤혁

뭐가 그리 부끄럽드노?

도쿄 이케부쿠로,

우리나라의 2호선 같은 느낌인 야마노테선.

그중에 이케부쿠로라는 역이 있다. 신주쿠에서 한 정거장인가 두 정거장 근처에 있는 역 이름이다. 우리끼리 장난 치는 걸 좋아해 그날도 지하철 안에서 장난을 치고 있었다.

이케부쿠로에 유명 백화점이 있다고 해서 쇼핑하러 가는 길이었다. 아, 그런데 날을 잡아도 하필 월요일에 잡다니. 월요일은 백화점 쉬는 날이었다. 백화점에 도착해서 백화점 정문만 멍 때리며 바라보다 돌아왔다.

겨울, 도쿄

어쨌든, 이 역에 도착했을 때 로현이가 갑자기 오더니 이러는 거다.

"형, 이케부쿠로~ 뭐가 막 부끄럽드노?"

진짜 웃겨 죽을 뻔했다.

아직 애인 건지 우리의 장난은 언제쯤이면 멈출까.

아직까지는 우리끼리 티격태격하면서 지내는 게 좋다.

이건 형제애? 동지애? 친구애? 가족애? 뭘로도 설명할 수 없는 우리끼리의 신한 애정이 묻어 있는 장난이다. 아니 지금 생각해보니 세계적인 그룹이 되기 위한 NTX애? 그래 이거 좋다. 앞으로는 'NTX애'라고 부르겠노라!

NTX애가 무엇인지 말하라고 하면 정말 말의 한계를 느낀다. 때로는 가족, 때로는 형제, 때로는 친구, 때로는 전우, 때로는 라이벌, 때로는 서로를 위한 존재… 아, 진짜 많구나!

윤혁

우리는
MZ
다

우리는 사진 하나를 찍어도 그냥 찍지 않는다. 누구 한 명은 꼭 튄다. 로현이는 '우리는 MZ다'라는 느낌으로 사진을 찍어야 한다고 말한다. 이게 바로 로현이의 철학이다.

그러고 보니 짧은 시간에 우리는 참 많은 일들을 해냈다. 자랑스러운 우리 멤버들, 모두 기특하고 대견하고 정말 사랑스럽다.

겨울, 도쿄

은호 형과 함께
로현이 형, 창훈이 형,

공연이 없는 날, 로현이 형, 창훈이 형, 은호 형과 함께 산책을
나갔다. 어디로 갈지 목적지를 정하지 않고 아무 생각 없이 편
안한 마음으로 길을 나섰다.

길 가는 사람도 구경하고 건물도 구경했다. 여기저기를 돌아
다니며 만화에 나왔던 장소도 찾아다녔다.
특히 <날씨의 아이>라는 애니메이션에 나오는 신주쿠 모습이
정말 똑같아서 깜짝 놀랐고 무척 설렜다. 그때 그 거리가 아직
도 생생하다.

겨울, 도쿄

그때는 좋은 줄도 모르고 신기해하며 다녔는데, 지나고 보니 참 아름다운 일상의 한순간이었다. 지금도 내 머릿속 한 켠에 또렷이 새겨져 있다.

스무 살 내 청춘의 하루가 그렇게 저물었다.

죽음의 볼링 내기

우리는 볼링을 자주 한다. 특히 일본 가면 꼭 한다.

볼링은 우리 NTX의 공식 게임이다.

죽음의 볼링 내기.

그냥 볼링이 아니다. 우리의 숙명과도 같은 볼링 내기.

우리 멤버들은 볼링을 정말 좋아한다. 어딜 가든 볼링은 꼭 한다. 다들 열정도 넘치고 승부욕도 강해서 늘 내기 볼링을 한다. 뭘 하든 그냥 하는 것보다는 게임처럼 재미있게 하는 게 좋으니까. 음료수도 좋고 아이스크림도 좋다. 그러고 보니 우리 내기 아이템이 참 소소하네.

겨울, 도쿄

볼링 실력은 나랑 시하가 제일 좋다. 나머지 멤버는 엇비슷하다. 그러니 내가 들어가는 팀은 당연히 이긴다. 자만인가? 자만이라고? 절대 아님. 내가 잘하는 건 마구마구 알려야 한다. 간혹 볼링 치기 싫어하는 멤버가 있을 때가 있다. 그런 날은 그 멤버에게 온갖 야유를 다 보낸다.

"우우우~!"

우리 모두의 재미를 위해서는 기꺼이 희생을 해야 한다. 그게 나일지라도. 볼링이라면 그럴 리가 없겠지만.

형, 천천히 움직여봐요!

도쿄에서 공연을 마치고 막 주차장으로 왔을 때다.

주차장 앞에 서 있는 나를 발견한 로현이가 갑자기 말했다.

"형, 천천히 움직여봐요!"

그러더니 사진을 찰칵찰칵 수없이 찍는 거다. 사진 찍는 폼으로 봐서는 전문 포토그래퍼 못지않다. 그런데 로현이는 흔들리지 않으면 사진이 아닌가 보다. 아마도 로현이의 포토 감성? 로현이 말로는 이게 요즘 감성이라고 하는데, 그러려니 한다.

나는 풍경 사진을 잘 찍지 않는다. 아니 사진 자체를 많이 안 찍는다.

좋은 곳, 아름다운 곳은 눈으로 마음으로 담아두는 거다. 굳이 사진으로 담아둘 필요가 있을까? 사진을 찍으려다 보면 오히려 그때 그 순간의 풍경과 그 속에 있는 나를 바라볼 틈이 없다. 그래서 사진을 잘 안 찍는다. 내 마음속에 찰칵 찍어두었다가 다음에 좋은 사람이랑 꼭 같이 올 거다!

"내 감성, 내 스타일 존중해줘."

3

도쿄의 겨울은 쌀쌀하지만 차갑지는 않다. 그래서 나름 매력
이 있다.

지금까지 살면서 겨울만 기다렸지 여름을 좋다고 느낀 적이
단 한 번도 없었다. 이번에 활동하면서 그 생각이 바뀌었다.

도쿄 하면 겨울보다 여름을 떠올릴 정도로 여름날의 도쿄는
아름다웠다.

여름 햇살 쨍한 날의 싱그러운 풍경.

1층에서 올려다보는 잠에서 막 깨어 창가에 얼굴을 내밀고 있

는 윤혁이 형의 얼굴,

산책 길에 만난 초록초록한 공원,

비가 내려 운치 있는 거리,

엄청나게 큰 개,

땀 뻘뻘 흘리며 열심히 응원해준 엔티플,

땀 흘리며 힘든지도 모르고 공연했던 우리,

그리고 <피크 타임> 경연 준비,

평생 잊지 못할 추억이다.

소소한 일상의 감사와 추억으로 가득한 도쿄에서의 나날들이
었다.

그때의 한순간을 머릿속에서 다시 꺼내도 힘들었던 기억보다
흐뭇한 기억으로 가득하다.

사실 꽤 힘든 일도 많았는데 참 신기하다.

그 많고 많은 기억 중에 좋은 기억만 남아 있다니!

사운드 클라우드에 올라가 있는 <In JAPAN>이라는 노래도
이 추억들을 담아 만든 곡이다.

일본에서 비트를 찍고 노랫말을 썼다.

그리고 한국에 오자마자 바로 녹음을 했다.

겨울, 도쿄

So all is over the Indigo, 해가 뜨고

하늘이 옷을 입으면, I said good morning

좁디좁은 골목길도 뭐 아랑곳

하지 않고 눈에 담아, 절대 잊혀지지 않도록

경험은 나를 다시 채움과

동시에 추억에 묶이게 해

아쉬움의 틈을 최대한 얇게

그렇다고 전부 다 글로 새지는 않게

Oh, Ye we had a good time

조금은 아쉽지만

다시 올게 언젠가

그리울 거야 정말

I never don't forget it now, get it now

I never don't forget it now, get it now

I never don't forget it now, get it now

I never don't forget it now

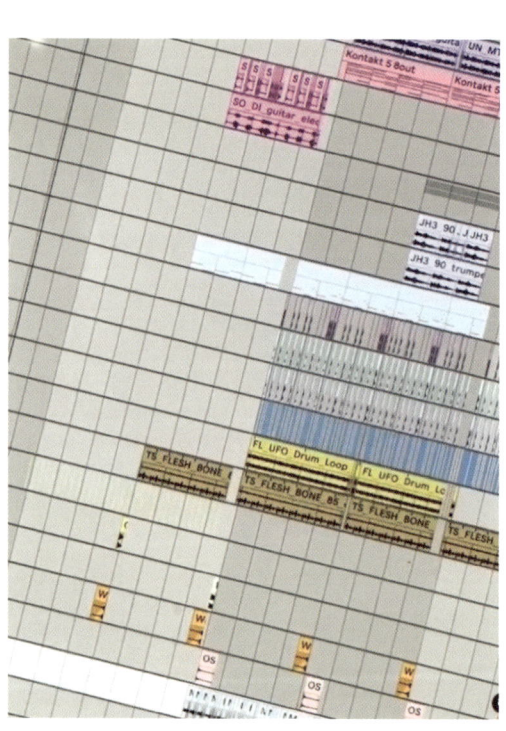

늘 공연에 최선을 다하려고 하지만, 솔직히 늘 그렇지는 않다. 한번은 공연장이 우리 8명의 퍼포먼스를 다 보여주기에 너무 작다는 생각을 했다. 그런 생각이 들자 공연에 집중하지 못했다. 무대에서 표정도 몸짓도 평소와 많이 달랐다.
한 곡씩 무대를 할 때마다 지쳤다는 생각뿐이었다.

바로 눈앞에서 신나게 즐기는 팬들을 보면서도 고맙고 신난다는 마음보다는 지친다는 마음이 앞섰다. 지금 모습이 우리가 서 있는 현주소였다. 어찌 되었든 현실을 받아들여야 했다.

더 큰 공연장으로 가기 위한 과정이라고 마음을 리셋하니 다시 공연에 집중되었다.

지금까지 한 공연 중에서 가장 후회되는 공연이었다.

그래도 그날이 있었기에 내 마음도 다시 잡을 수 있었다.

다시 시작하는 마음을 가질 수 있었다.

어리석은 마음이 들 때도 있다. 이런 마음이 드는 것조차 막을 수는 없다. 우리도 사람이니까. 아무리 파이팅하려고 해도 실망할 때도 있다. 그때는 그 마음에서 빨리 벗어나는 것이 중요하다.

최고의 방법은 지금 하는 일에 몰입하고 집중하기!

겨울, 도쿄

윤혁이 형과 생긴 일

로현

그날 공연에서 나는 유닛 곡도 솔로 곡도 다른 멤버들보다 한 곡가량 더 해야 했다.

윤혁이 형이 대표로 큐시트를 짰다. 그 큐시트를 보니 내가 무대를 소화하기에는 조금 벅차다는 생각이 들었다.

물론 형은 어려울 것 같으면 말해달라고 했고, 수차례 공지도 했다. 그런 형의 말을 흘려 듣다가 무대에 오르기 바로 전에 큐시트를 보고 내가 다짜고짜 형한테 화를 냈다.

"이 큐시트를 어떻게 해?"

윤혁이 형이 어안이 벙벙해하던 모습이 지금도 또렷하다.

겨울, 도쿄

형과 동생, 리더와 멤버 사이에서 절대 하면 안 되는 말을 혼 잣말처럼 했다. 그렇게 서로 감정이 상한 채로 무대에 올랐다. 그랬으니 무대에서 집중이 될 리가 없었다. NTX의 강점은 우 리는 늘 하나, 팀워크다. 그런데 그런 모습을 보여줄 수가 없 었다. 마음은 불편했고 신경은 분산되었다.

공연 초반에는 포커페이스를 유지하려고 무던히 노력했다.
절대 안 괜찮았지만 괜찮은 척 공연을 이어갔다.
<Holy Grail> 무대를 하기 직전이었다.
대형을 찾아가는데 윤혁이 형이 내 엉덩이를 살짝 툭 치면서 웃었다.
그 손짓 하나에 불편했던 마음이 흔적도 없이 사라졌다.
'내가 하면 안 될 짓을 했구나!'
마침내 정신이 번쩍 들고 형한테 엄청 미안했다.
계속 그런 상태로 공연을 할 수가 없어 도중에 무대에서 솔직 하게 고백했다.
"제가 공연 전에 형한테 함부로 말했어요. 형, 정말 미안해요!"
순간 팬들은 무슨 일인가 하는 표정으로 나와 윤혁이 형을 번 갈아 바라보았다. 그러더니 곧 상황을 대충 알아차리고는 내 이야기를 재미있게 들어주었다.

당사자인 윤혁이 형도 무대에서 이런 말이 나올지 몰라 엄청 당황해했다.

공연이 끝나고 우리는 다시 웃으면서 장난을 쳤다. 나는 윤혁이 형한테 다시 한번 사과를 했다.

"형, 죄송해요! 앞으로는 이런 일 없도록 할게요!"

순간의 뾰족한 마음을 행동으로 그대로 옮기지 않기,

잘못했다면 솔직하게 말하기!

이런 과정을 거치며 서로에게 단단해지는 거겠지.

겨울, 도쿄

우리는 늘 팀 해체의 불안을 안고 있다.

우리뿐만 아니라 모든 중소 기획사의 아이돌이 마찬가지일

것이다. 대형 기획사의 아이돌이라고 다르지 않을 것이다. 언

제, 어떤 상황이 올지 모르니까.

어쩌면 지금이 마지막이지 않을까.

그런 상황에서 음악을 이어가고 무대를 설 수 있는 영광,

그런 마음을 담아 만든 노래가 <그때로>이다.

이 노래를 들으며 나도 울고 팬들도 울었다.

먼훗날 내가 어디에 있든 이 노래를 들으면 이 시절로 돌아가
고 싶다는 마음을 간절히 담아 만든 노래다.

> 모든 게 행복했던 그때로
>
> 아무것도 모른 채 웃기 바빴던 그때로
>
> 돌아갈 수 있다면 그랬다면
>
> But I can't do anything, I let go
>
> 걱정 하나 없는 매일에 나 잠들 수 있게
>
> 비가 내릴 때 벗어날 수 있게
>
> Say Oh oh oh oh

막연한 불안과 점점 조여오는 절박함을 안고 우리는 오늘도
연습실로 향한다.
멤버들이 아니었다면 벌써 흩어졌을지도 모를 우리.
이 시간의 끝, 우리가 어떤 모습이더라도 '지금, 이 시간들'이
사무치게 그립고 돌아오고 싶을 거 같다.

겨울, 도쿄

이 영화는 10번 정도 보았다.

포레스트 검프는 그냥 달리는 게 좋아서 달렸다.

몇 년이 지나 달려서 세계 일주를 했다.

영화 마지막에서 그에게 '왜 달리냐?'고 물어보니 '모르겠다'
는 답변만 돌아왔다.

특별한 이유 없이 달린다.

그냥 와 닿았다.

무작정 달리다 보면 왜 달리는지도, 어디로 가고 있는지도 알
수 있을 듯하다.

이
방
인

시하

일본에서 우리는 이방인이다.

그런데 한국에 오면 한국에서도 이방인처럼 느껴진다.

계절마다 정착지를 찾아다니는 철새가 이런 기분일까?

어느 곳에서도 아직 우리가 원하는 결과를 얻지 못한 불안,

불만이 마음의 정착을 가져다주지 못하는 것은 아닐까.

한국과 일본을 몇 번이나 오가면 이방인 같은 이 마음이 사라
질까. 늘 허공을 떠도는 듯한 내 마음도 멤버들의 마음도 안착
이 될까.

겨울, 도쿄

모든 게 한 번에 되지는 않는다.

한 번 가고 두 번 갈수록 익숙해지겠지.

이미 익숙해진 것도 있다.

공연이라는 단어는 화려함을 연상시킨다.

큰 무대와 화려한 조명, 시스템 빵빵한 음향 기기와 많은 관객들이 떠오른다.

하지만 우리의 공연은 그러지 못했다.

시작하는 단계라고 변명을 대지만, 그래서 환경이 열악한 탓이라는 핑계를 찾아보지만, 결국은 우리의 실력이 문제였다.

퍼포먼스도 만족스럽지 못했고, 다른 것들도 직접 관객을 마주해보니 모자라는 것투성이였다.

우리는 아직 어리다.

하지만 이게 도피처가 되지는 못한다.

어리기에 그래서 경험이 없을수록 우리는 더욱 프로다워야 했고, 우리의 음악적인 색깔도 뚜렷하게 보여주어야 했다.

이번 도쿄 공연을 통해서 많은 것을 배워야 했다.

낯선 곳, 좁은 공간에서 여러 명의 멤버가 함께 생활해야 했던 시간.

우리는 아티스트이기 이전에 인간 본연의 모습으로 돌아가 서로가 서로를 배려하는 마음을 더 키워야 했다.

처음 시작하는 우리를 보러 공연장에 기꺼이 와주신 엔티플에게 보여줄 실력을 더욱 쌓아야 했다.

우리는 아직 아마추어에 불과했다.

한국에 가면 더욱 실력을 갈고닦아 다음 공연 때는 더욱 성장한 우리의 모습을 보여주고 말 테다!

겨울, 도쿄

'가능성이 크다,'는 말

공연을 하면서, 방송을 하면서, 무대를 하면서 관계자들을 많이 만난다.

그리고 그들에게서 "가능성이 크다"라는 말을 종종 듣는다.

처음에는 그냥 해주는 말이 아닐까 생각했다. 그런데 이런 말을 계속 듣다보니 '진짜 우리가 가능성이 있나 보다!'라는 생각이 어렴풋이 들었다. 이 희미한 생각은 곧 우리의 자신감과 열정에 생기를 불어넣었다.

'역시 우리 팀의 가능성이 무궁무진하구나!'

'나 혼자 그저 꿈을 꾼 건 아니구나!'

이런 우리를 다른 사람들도 알아줘서 다행이었다. 우리를 전혀 몰랐던 사람들의 시선도 점점 머물게 만들었다. 우리 마음의 정원에 꽃들이 피기 시작했다. 과연 이 꽃들로 아름다운 정원을 만들 수 있을까?

난 만들고도 남는다고 본다.

우린 가능성이 크니까!

거울, 도쿄

윤혁

우
리
가
만
들
어
가
는
인
연

예전에는 인연이라는 말을 들으면 '운명처럼 우연히 다가오는 것'인 줄만 알았다. 의지, 노력 이런 말들과는 거리가 먼, 그저 눈에 보이지 않는 끈으로 이어진 것이라고 생각했다.

그런데 PR 작업을 하면서 인연도 우리가 만들어 나가는 것이라는 생각을 했다.

그날, 그곳에서 스쳐 지나갔을 수도 있는 인연들이 하나하나 모여 엔티플이 되었다.

그렇게 길에서 만난 우리가 공연장에서 만나고 한 번의 만남이 두 번으로, 그리고 세 번, 열 번으로, 공연장을 넘어 SNS로,

늘 우리 곁에 함께하는 인연으로 남았다.

한여름 뙤약볕에 뛰어다녀야 했던 그 힘겨운 날들의 끝에서

엔티플이 우리를 기다리고 있었다.

겨울, 도쿄

우리가 계속해야 하는 이유

'할 수 있어!'

'버티면 언젠가는 될 거야!'

우리는 늘 이런 희망을 안고 오늘 하루를 또 버텨간다.

그래도 어떤 날은 무엇이든 할 수 있을 것만 같았다가 어떤 날은 과연 '이렇게 해서 될까?' 하는 의심이 드는 마음은 어쩔 수 없었다.

말이 우리에게 희망을 안겨주지는 않는다.

결국은 희망을 가져다주는 우리의 노력과 행동이 필요하다.

설령 무의미하다고 생각하는 일들도 바보처럼 계속 반복하다

보면 희망이라는 단어도 서서히 우리 품속으로 들어왔다.

우리끼리 이런 이야기를 나눈 적도 있다.

"그만 하고 싶다!"

"이렇게 계속한다고 될까?"

"하고 싶지 않다…."

그때 우리는 시키는 대로 한다고 되는 건 아니라는 강한 회의를 품고 있었다. 우리가 할 수 있는 게 더 없을까? 아무리 찾아보아도 우리의 현주소는 애매했고 부족했다.

좀 더 잘해보자는 취지로 이야기를 해도 늘 우리의 미래는 여전히 물음표일 뿐이었다. 어떤 날은 이야기를 하려고 모여도 아무 말 없을 때도 있었다. 늘 반복되는 날들이라는 생각만 맴돌았다. 해결책이 없는 도돌이표였다.

'우리가 더 잘하면 되지 않을까? 더 버티면 되지 않을까? 우리를 지켜봐주는 엔티플도 있는데….'

한번 부정적인 생각이 들면 꼬리에 꼬리를 물고 부정적인 생각을 더욱 몰고 왔다. 그런데 또 신기하게도 그 꼬리에 꼬리를 무는 부정적인 생각들이 지나가면 다시 이 간단한 해결책으로 돌아왔다.

'그래, 다시 해보는 거다!'

그렇게 우리는 또다시 계속 해야 할 이유를 찾았다.

늘 그 자리에 있는 우리 같지만, 이 시간들이 쌓이고 쌓여 흐르고 흐르면 우리도 저만치 앞서 있을 것이다.

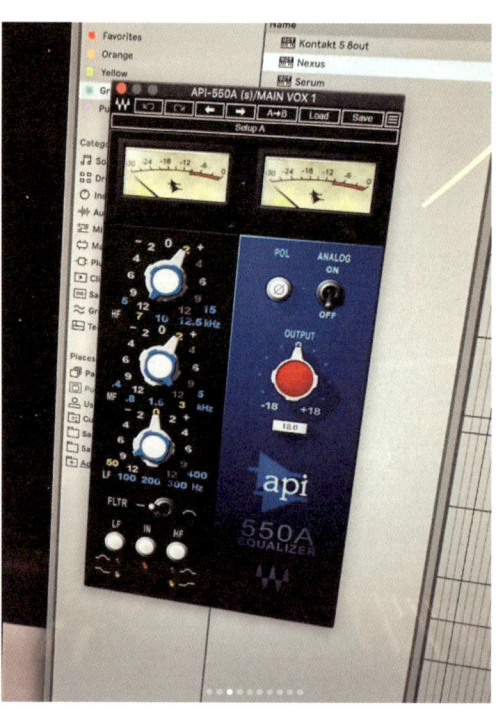

언젠가 공연에서 <나의 작은 사랑 노래>를 무반주로 부른 적이 있다.

<꽃보다 남자> 같은 드라마에 나오는 유명한 노래라고 이야기를 듣고, 기회가 되면 나도 꼭 무대에서 불러야지 생각했다. 그 공연이 있는 날 아침에도 가사를 떠올리며 연습을 하고 무대에 올랐다. 이런저런 이야기를 나누다 잠시 이야기가 끊어졌다. 모두 이야기가 떠오르지 않았던 것 같다.

'지금, 노래를 불러야지!'

나는 이렇게 생각하고는 모두에게 같이 불러달라고 요청하고 노래를 시작했다. 신나는 곡으로 엔티플이 아는 노래일 테지만, 그래도 나 혼자 노래 부르고 후렴구에서 "예~" 하며 맞장구를 쳐줄 거라 예상했다.

그런데 내가 노래를 시작하고 혹 파트에 이르자 모두 함께 크게 노래를 불렀다. 나도 멤버들도 스태프들도 그런 반응은 처음이라 놀랐다. 나는 더욱 신이 나 헷갈리는 가사도 적당히 얼버무리며 마지막까지 무사히 잘 부를 수 있었다.

지금 생각해도 내가 노래를 잘 불렀다고 할 수는 없지만, 반주 없이 엔티플과 함께 노래를 부르니 엔티플의 노랫소리도 더욱 잘 들리고 고마운 마음도 더욱 컸다. 이 노래를 모르는 엔티플도 있었겠지만, 그순간 엔티플은 하나였다.

영원히 잊지 못할 순간이었다!

겨울, 도쿄

마음의 나침반

형진

우리는 이제 시작이다. 아직 보여준 게 아무것도 없다.

그만큼 해야 할 것도 많고 해내야 할 것도 많다.

초심, 처음 시작한 그 마음이 지금 이 순간 우리에게 가장 중요하다.

그 마음을 앞으로도 계속 잊지 말아야 한다.

그 마음은 우리가 길을 잃고 방황할 때 우리를 잡아주는 나침반과도 같다.

늘 같은 마음이 아닐지도 모른다. 저 멀리 넘어가고 싶을 때도 있을 것이다.

겨울, 도쿄

그때마다 나를 잡아줄 처음 그 마음, 마음의 나침반이라 부르자!

힘든 이야기도 '그럴 때도 있었지' 과거로 만들면 된다.

아무리 힘들었던 이야기도 먼 훗날 아름다운 이야기가 될 수도 있다.

지금 이 책을 읽는 우리 모두!

거리에서 만나는 시선들

공연 전에 거리 PR을 가면 꽤 다양한 시선들을 만난다.

그곳에서 우리는 외국인이다. 일반인보다는 눈에 띄는 차림과 외모로 공연 PR을 직접 하니 신기하게 보는 사람들이 많다. 우리 외모가 마음에 들어, 본인들의 취향이어서 관심을 갖는 사람도 있고, 심지어 우리를 따라오는 사람도 있다.

반면, 그닥 인기 없는 '무명의 아이돌'이라는 시선으로 바라보는 사람도 있다. 그럴 때면 마음이 아프다. 마음속으로 수없이 다짐했던 반응이었지만, 그래도 직접 부딪히면 마음이 많이 아프다. 그 마음마저 이겨내는 게 우리 몫이긴 하지만. 아무리 아프고 쓰라린 마음도 시간이 지나면 조금씩 아문다.

몸에 난 상처가 시간이 지나면 조금씩 아물듯이.

그런 마음에서 더 빨리 벗어나려면 우리 일에 더욱 매진하면 된다. 일에 집중하다보면 어느새 그런 마음도 싹 사라지고 없다. 그럴 때마다 우리끼리 다짐한다.

"너무 마음 쓰지 말자. 지금은 우리가 목표를 향해 가고 있는 중이니까!"

겨울, 도쿄

4

4개월의 시간이 후딱 지나갔다.

안녕, 2022년.

우리에게 추억 한가득 안겨주었던 2022라는 숫자를 뒤로 하고, 우리는 2023이라는 숫자를 맞이할 준비를 했다.

한 해의 끝과 새로운 한 해의 시작이 맞물려 있는 겨울이라는 계절은 그래서 묘미가 있다. 늘 아쉬운 한 해를 보내고 새로운 기대를 품은 한 해를 맞이하게 해주니까. 세상의 모든 추위를 몰고 와서 말이다.

같은 시간, 같은 공간에 있는 사람들도 제각각이다.

빠른 걸음으로 어딘가로 급히 가는 사람들, 호호 입김을 불어 넣으며 언 두 손을 녹이고 있는 사람들. 그렇게 우리는 겨울의 도쿄로 다시 돌아왔다. 겨울의 도쿄, 우리에게는 다시 시작이 었다!

겨울의 도쿄는 우리를 새로운 세상으로 이끌어주었다.

밤여행

이 노래는 비트를 먼저 찾았다.

비트가 마음에 들어 하루종일 가사를 어떻게 쓸까 고민하다 밤이 되었다.

창밖으로 어둑어둑한 하늘을 보면서 '밤을 주제로 써볼까' 하는 생각이 들었다.

밤을 떠올리니까 어릴 때 본 애니메이션 장면이 떠올랐다.

주인공이 잠자다 영혼이 튀어나와 하늘을 날아다니는 장면이었다.

겨울, 도쿄

그래, 이거다.
'밤여행'에 대한 이야기를 써봐야겠다!

그립고도 젊은 내 시간아
아픔없이 나를 새겨주렴

<밤여행> 노래에서 내가 가장 마음에 들어하는 부분이다.
사람마다 젊음은 다를 것이다. 30대는 20대가 젊음일 수 있고, 60대는 50대가 젊음일 수도 있다. 나의 젊음은 아무것도 모르고 마냥 행복하게 놀았던 유치원 때? 초등학생 때? 큰 꿈을 안고 아이돌 연습생이 되었을 때?

이 곡을 들으면서 사람들이 자신의 젊음을 떠올리며 행복하기를 바랐다.
그래서 유튜브에 영어, 일본어, 중국어, 포르투갈어까지 가사를 번역해서 올리고 댓글을 봤다. 수험생이라 힘든데 유튜브 알고리즘에 뜬 이 노래를 들으며 힐링과 위로를 받았다는 분도 있고, 피터팬이 된 것처럼 밤여행을 돌고 돌며 좋았다는 분도 있었다.

사람들에게 힐링과 위로를 줄 수 있는 노래, 내가 노래를 만드는 이유.

잊지는 말자, 이 순간들도
내 손을 잡고 저 높이 뛰어보자

피터팬이 된 것처럼
밤여행을 돌고 돌아

겨울, 도쿄

24년 1월 2일,

로현이에게 비트를 선물받았다.

얼마 전에 로현이가 불쑥 말을 건넸다.

"형, 노래 쓴 거 이제 발매해야 하지 않아요?"

로현이에게 내가 만든 노래를 보여주자 비트를 만들어주겠다고 했다.

어느날, 로현이가 스튜디오에 들어오라고 해서 갔더니 고개를 갸우뚱하며 말했다.

"형, 이 곡에 맞는 악기들이 없어서 이 곡은 못쓸 거 같아요.

다른 비트를 만들었으니 마음에 드는 거 있으면 얘기해 주세요."

그렇게 비트를 찾고 찾아, 비트에 맞게 쓴 곡이 <기억상실증>이다.

훅을 쓰다가 '기억'이라는 단어에 꽂혔다.

> 내가 기억을 잃어도 변하지 않아.
> 우리의 모습은 그대로야.
>
> 네가 너만큼은 기억할 수 있게
> 너의 이름을 불러줄게.

우리의 지금 모습, 이 하루를 잊어버리지 말았으면 해서 '기억상실증'을 떠올렸다.

내가 사랑하는 사람만큼은 절대 잃고 싶지 않다.

이렇게 너만은 꼭 기억하겠다는 노래가 나왔다.

겨울, 도쿄

언젠가 아버지가 책 한 권을 건네주었다.

《가르시아 장군에게 보내는 편지》라는 책이었다.

미국이 쿠바를 둘러싸고 스페인과 전쟁을 벌이고 있을 때의
이야기였다. 당시 미국 대통령은 전쟁의 판도를 바꾸기 위해
반군의 지도자인 가르시아 장군과 연락을 취해야 하는 상황
이었다. 그러나 그가 어디 있는지는 몰랐다.

어디 있는지도 모르는 그에게 편지를 전하러 가는 로완 중위.

그는 대통령이 가르시아 장군에게 보내는 편지를 건넸을 때, 그저 묵묵히 편지를 받았다.

"장군이 어디에 있습니까?" 따위의 질문은 하지 않고 편지를 들고 적진으로 향했다.

아버지는 이 책에 밑줄까지 쳐가며 얼마나 많이 읽었는지 책이 다 해졌다. 나도 아버지 따라 한 번 읽고, 두 번 읽고, 세 번 읽고, 몇 번을 읽어 내려갔다. 그리고 비로소 아버지가 이 책을 나에게 왜 줬는지 알 것 같았다. 어떤 태도로 세상을 마주해야 하는지 조금은 알 것 같았다.

겨울, 도쿄

우리가 두 번째 도쿄에 갔을 때는 완전 겨울이었다.

나는 여름을 좋아한다. 여름이 열정이 품고 있는 것만 같아서 이다. 아마도 음악 페스티벌이 여름에 많이 열리는 이유도 같 지 않을까. 또 여름에는 휴가를 가느라 여행을 떠나는 사람들 도 많다. 여름 하면 음악, 청춘, 열정, 여행, 도전, 설렘 같은 말 들이 떠오른다.

그런데 나는 겨울도 좋아한다. 겨울 특유의 묘한 분위기가 있 어서이다. 여름이 폭발하는 뜨거운 감성의 계절이라면 겨울 은 차분한 감성의 계절이다. 겨울과 도쿄는 나름 잘 어울렸다.

겨울, 도쿄

그런데 현실은 낭만과는 달랐다.

겨울의 도쿄는 장난이 아니었다. 한국에서 보일러 난방에 익숙한 우리가 일본의 히터 난방에 적응하기는 쉽지 않았다. 우선 히터를 켜면 실내 공기가 건조해져서 목도 영향을 받았다. 그러면 다음날 공연을 하기가 많이 어려웠다.

삶이 그대를 속일지라도

_푸시킨

비록 삶이 그대를 속일지라도

서러워하거나 노여워하지 마라

슬픔의 날엔 마음 가다듬고

자신을 믿어라

이제 곧 기쁨의 날이 오리라

마음은 내일에 사는 것

오늘 비록 비참할지라도

모든 것은 순간적이며

그것들은 한결같이 지나가 버리고

언젠가 러시아 여행을 다녀온 지인이 상트페테르부르크에 있
는 푸시킨 미술관에서 산 빨간 깃털이 달린 펜을 선물해주었
다. 푸시킨이 누군지도 몰랐다. 펜을 보는 순간 내 안에 있던
문학 감성이 살아나기라도 한 듯, 인터넷에서 푸시킨을 검색
했는데 이 시가 나왔다. 시가 강렬하게 다가왔다. 두 번째 도쿄
생활을 할 때, 이 시를 핸드폰으로 검색해서 읽고 또 읽었다.

비록 삶이 우리를 속일지라도
나는 내일을 꿈꾸리!

거울, 도쿄

창훈

수면 잠옷, 수면 양말

왜인지는 모르겠지만, 도쿄는 겨울과 잘 어울린다.

아마도 한국보다 따뜻해서인지도.

두 번째 도쿄 공연을 갔을 때 겨울이었다.

도쿄에 있는 겨울 동안, 나는 늘 수면 잠옷, 수면 양말을 신고 지냈다. 우리가 머물렀던 숙소가 히터로 난방을 해서인지 한국의 숙소보다 추웠다.

도쿄의 겨울 하면 수면 잠옷과 수면 양말부터 떠오른다.

다시 가고 싶은 도쿄의 겨울, 그때는 우리가 어디쯤 가고 있을까?

데
뷔
이
후
의
공
백
기

한국에서 데뷔를 하고 곧 공백기가 찾아왔다.

팬들이 불만을 드러냈다. 솔직히 우리도 불만이 없었다면 거짓말이다. 그 공백기 동안 우리는 죽어라 연습만 했다. 연습을 해도 목표가 있으면 연습이 힘들지 않다. 컴백을 위한 연습, 공연을 위한 연습은 마음의 무게가 그만큼 가볍다.

하지만 그때 우리는 무엇을 위한 연습인지도 모른 채 그냥 매일같이 연습만 했다. 물론 우리 실력을 쌓기 위한 연습이기는 했지만. 그때 목표 설정이 얼마나 중요한지 뼈저리게 느꼈다.

겨울, 도쿄

그러던 중 우리에게 찾아온 일본 공연.

우리에게는 주저할 아무런 이유가 없는 기회였다. 어떤 무대든 우리는 무대를 할 수 있기만 해도 좋았고 행복했다. 공백기의 방황과 간절함만큼 엔티플도 무대도 더욱 소중했다.

일본에서 공연을 막 시작했을 때였다.

우리는 열심히 준비해간 일본어로 무대에서 멘트를 하며 우리끼리 웃었다. 그런데 일본 팬분들은 무슨 말인지 몰라 어리둥절했다. 우리끼리만 아는 대화를 하는 듯했다.

이게 내내 마음에 걸려 일본어를 공부했다.

처음에는 일본어 히라가나 가타카나도 몰랐는데, 올 한 해 열심히 바짝 해서 이제는 사소한 의사소통은 하게 되었다. 덕분에 팀내에서 일본어 소통 담당을 맡게 되었다. 팀을 위해 뭔

가를 할 수 있어 좋았다. 참고로 영어 소통 담당은 윤혁이 형이다.

며칠 전에는 일본어 단어 1,200개를 외웠다.

물론 아직도 많이 부족하고 더 해야 한다.

언젠가 팬 한 분이 나에게 들려준 말이 있다.

"게이가 고마카이(げいが こまかい)"

'춤이 섬세하다'는 말이었는데 마음에 들었다. 이제는 일본어 하면 가장 먼저 떠오르는 말이 되었다.

げいが こまかい

춤이 섬세하다

겨울, 도쿄

일본 공연은 우리의 진짜 시작이었다.

우리는 일본 공연을 하면서 많은 일에 부딪혔다.

우리 공연을 바로 앞에서 보는 소극장 공연도,

해외에서 생활하는 경험도,

거리에서 전단지를 나눠주는 홍보도 경험했다.

하나의 기회는 또 다른 기회를 몰고 오나보다.

그러니 아무리 작은 기회라도 소홀히 여기면 안 될 것 같다.

일본 공연을 해내기에도 급급했던 우리에게 또 다른 기회가 찾아왔다.

한 방송국에서 서바이벌 오디션 프로그램 제의가 들어왔다. <피크 타임>이라는 방송 프로그램이었다. 그때 우리는 공연을 끝내고 경연 준비를 계속했다.

우리에게는 엄청난 동기부여가 되었다. 공연을 끝내고 비록 몸은 녹초가 되었지만, 우리는 힘든지도 모르고 즐거운 마음으로 <피크 타임> 준비를 열심히 했다.

<피크 타임>은 우리에게 하나의 도전이었다.

운 좋게 제안이 들어와서 참여하게 되었는데, 당시 40~50개의 팀이 지원을 했다. 첫 무대에서 심사위원 8명의 올픽을 받게 되어 기뻤다.

서바이벌이 처음이라 긴장도 많이 했고 엄청 예민했다.

일본에서 공연을 하는 내내 틈만 나면 연습실에서 연습을 했다. 살면서 이렇게 노력한 순간이 있었을까 생각할 만큼 열심히 했다.

방송 후에 댓글을 보고 눈물이 났다.

<피크 타임> 콘서트에서는 팬들의 환호를 받으며 모두 즐겁게 공연했다.

겨울, 도쿄

방송이 나간 뒤로 팬들도 많이 생겨서 무엇보다 <피크 타임>이 고맙다.

그 경험 덕분에 지금 중국 서바이벌 무대에도 도전할 수 있게 되었고, 우리에게는 또다른 성장의 전환점이 된 시간이다.

공연을 하면서 <피크 타임> 촬영을 하려니 많이 힘들었지만, 새로운 경험으로 많이 배운 재미있고 즐거운 시간이었다.

이 프로그램에는 우리의 성장 서사가 그대로 담겨 있다.

처음에는 '이런 팀도 있어요!'라는 콘셉트로 시작했다가 점점 성장해가는 모습들이 담겼다. 마치 새가 알을 깨고 나오듯 '우리'라는 알에서 나와 세상으로 날갯짓을 하는 듯한 그 모습들.

우리는 '실력을 갖춘 열심히 하는 아이돌'로 알려졌다. 우리의 다음 컴백을 기대하는 분들도 많이 생겼다.

<피크 타임> 전과 후의 나는 많이 달라져 있었다. 프로그램을

통해 훨씬 성장한 나를 만날 수 있었다. 나에게 서바이벌 프로그램은 아주 제격이었다!

몸도 마음도 극한으로 몰아붙이는 경쟁이 주는 치열함, 불타는 의욕, 그 틈을 비집고 올라오는 지지 않겠다는 승부욕과 성취감. 그 경험이 아니면 절대 맛볼 수 없었을 것이다.

겨울, 도쿄

도쿄에서 첫 번째 공연을 하는 동안 〈피크 타임〉 합격 소식을 듣고 급하게 촬영 준비에 들어갔다. 우리는 그렇게 공연도 〈피크 타임〉도 시작을 열었다. 2022년이 4개월여 남아 있을 무렵이었다. 그때 우리에게는 참 많은 일들이 일어났다.

다사다난했던 1년이 지나고 새해가 되었다. 우리는 여전히 일본에서 공연과 〈피크 타임〉을 준비했다. 우리의 앞길에 아무것도 결정된 게 없었다. 우리는 매일 돌을 굴려 산비탈을 올라가는 시시포스처럼, 매일 아침 눈을 뜨면 공연과 경연 준비로

하루하루를 보냈다.

어떻게 될지도 모르는 경연 결과와 우리의 미래, 우리는 하루하루 불안한 날들을 보내고 있었다. 무엇 하나 가시적으로 다가오는 게 없었다. 그래도 늘 희망과 믿음의 끈을 놓지 않고 끈질기게 붙잡고 있었다.

결국 <피크 타임>의 최종 경선에는 오르지 못했다. 그래도 행복했다. 비록 우리가 원하는 결과는 얻지 못했지만, 그 자체로 우리는 행복했다. 짧은 시간이었지만 우리는 무대 위에서 춤을 추고 노래하며 팬들의 응원 소리를 들으며 팬들과 눈을 마주했다. 후회 없는 시간이었다.

기적이란 이런 게 아닐까.

겨울, 도쿄

우리에게 많은 눈물도 웃음도 주었던 〈피크 타임〉이 끝났다.

그런 생각을 해본다.

어떤 책에서 읽었는지 어떤 사람한테서 들은 이야기인지 모르겠는데, 우리에게 일어나는 모든 일은 모두 의미가 있다고 한다. 이 세상에 태어난 사람 모두 각자 태어난 이유가 있듯이 말이다.

〈피크 타임〉은 우리에게 어떤 의미였을까.

지금 당장은 〈피크 타임〉 생각을 하고 싶지 않다.

<피크 타임>을 하는 동안은 오로지 <피크 타임> 생각만 했으니까.

더 이상 생각하는 건 생각 낭비 같다.

때로는 어느 하나에 집중하다 보면 내가 서 있는 곳,

앞으로 가야 할 방향이 더욱 선명하게 보이기도 한다.

겨울, 도쿄

후회하고 싶지 않아!

지금 우리는 작은 무대에서 공연을 한다. 물론 더 많은 사람들 앞에서 공연을 하고 싶다. 하지만 후회는 절대 하지 않는다! 어떤 공연이든 공연이 얼마나 소중한지 우리 모두 알고 있으니까.

일본에 오기 전에 컴백 일정이 잡혔다가 무산된 적이 있다. 그때 참 많이 우울했다. 연습을 하면서도 번아웃이 와서 재미가 없었다. 한 번 그런 감정에 휩싸이니까 그 감정이 점점 커져서 나중에는 정말 우울해졌다. 그 감정에서 빨리 벗어나고 싫었다.

사람의 감정은 참 다양하고 많다.

이제 후회라는 부정적인 감정은 키우고 싶지 않다. '긍정', '해피 바이러스'를 키워서 나와 멤버들에게 퍼뜨리고 싶다. 그러려면 나부터 긍정과 해피 바이러스를 가진 사람이 되어야 한다.

이렇게 생각하니 한결 마음이 가볍고 긍정으로 장착되었다.

부정적인 감정은 우리를 무겁게 한다면 긍정적인 감정은 우리를 한없이 가볍고 투명하게 만든다. 우리의 몸과 마음이 가볍고 투명할 때 행운도 우리에게 찾아오는 듯하다.

그리고 우울과 부정의 늪은 밑바닥이 없이 가라앉기만 할 뿐이다. 이제는 그런 감정에 나를 물들게 하고 싶지 않다.

어떤 순간도 후회하고 싶지 않다.

모든 순간이 우리에게 필요한 순간일 것이다.

그렇게 생각하기로 했다.

묘하게 마음이 편해졌다.

점점 채워준 공연

텅 빈 우리를

사실 일본에서 첫 공연을 준비할 때는 마음을 비우고 했다.
아무도 안 올 수도 있다고 생각하고 마음의 준비를 했다.
이런 일이 일어나지 않아서 정말 다행이었다.
일본 공연은 그렇게 텅 빈 우리를 점점 채워주고 채워갔다.
공연을 거듭할수록 객석도 점점 찼고, 우리에게도 점점 희망
의 싹이 하나둘 올라왔다. 우리를 리프레시할 수 있게 해준 일
본 공연과 엔티플에 정말 감사한다.
아무리 마음을 굳게 먹어도 우리 마음의 등불은 필요한 것이
니까.

겨울, 도쿄

우리가 가야 할 목적지로 느리지만 조금씩 가고 있다는 걸 알
기만 해도 우리는 지치지 않으니까.

우리가 가장 힘든 것은 앞으로 가는지 옆으로 가는지,
어디에 있는지조차 모를 때가 아닐까.

그동안 우리가 많은 공연을 했지만 그중에서도 특히 인상에 남는 공연이 있다.

2024년 2월 25일, 이날 공연에서 나는 비로소 우리가 많이 성장했구나, 많이 다듬어졌구나 하는 것을 느꼈다. 퍼포먼스도 정교하게 다듬어지고 무대를 컨트롤하는 방법도 알았다.

'포기하지 않고 꾸준히 달려오다 보니 여기까지 왔구나!'

아직 부족한 게 많기는 하겠지만, 우리의 성장이 감지되니 내 안의 의욕이 더욱 솟았다.

우리는 당연히 더욱 성장하고 큰 보이 그룹이 될 것이다!

일본에서 만난 한국 엔티플

일본 공연 막바지에 한국 엔티플이 찾아왔다.

한국에서만 보다 일본에서 만나니 너무나 반가웠다.

일본에 살고 계시는 분도 있었다.

우리가 일본어 소통에 어려움을 겪으면 이분들이 많이 도와

주셨다.

엔티플은 언제나 우리를 앞으로 나아가게 하는 원동력이다.

겨울, 도쿄

이
번
에
도

일
본
에

와
주
어
서

고
마
워

공연 때 팬들이 한국어로 된 슬로건 이벤트를 많이 해준다.

'이번에도 일본에 와주어서 고마워.'

'고생 많았어.'

일본 팬뿐만 아니라 중국, 필리핀에서 온 팬들이 공연 전에 서포트를 신청해서 음식을 챙겨줄 때도 있다. 정말 감사하다.

특히 나는 손편지를 좋아하는데, 공연이 끝나고 숙소에서 팬들이 보내준 편지를 읽으면 팬분들과 마음과 마음이 연결되는 것 같아 좋다. 무대에서 느낀 감정이 그대로 이어져 깊게 와닿는다. 나한테는 굉장한 힘이 된다.

절대 울지 않겠다 !

시하

어느덧 공연 마지막날이 되었다.

메이크업 선생님들이 막공을 하기 사흘 전부터 막공날 분명
울 거라고 했다.

나는 오토코마에(상남자)라서 절대 안 울 거라고 장담했다.

마지막 날, 멤버들이 하나 둘씩 울기 시작했다. 한심했다.

다 같이 안 울기로 약속해놓고는.

드디어 마지막 곡이 나왔다.

그때까지 나와 승원이를 뺀 멤버들이 모두 울었다.

겨울, 도쿄

마지막 한 곡만 참으면 울지 않고 공연을 끝낼 수 있다.

그 순간, 엔티플이 슬로건을 꺼냈다. 슬로건을 보자마자 눈물이 수도꼭지처럼 자동으로 흘러내렸다.

특히 마지막 곡인 <서바이브>는 내가 첫 파트인데, 눈물이 너무 흘러 노래를 제대로 부를 수가 없었다. 이건 반칙이지. 메이크업 선생님들한테 내가 졌다.

인생에서 이런 패배는 얼마든지 겪어도 좋다.

감동의 패배!

모두가 날 쳐다볼 때 난 화가 나서 반항했어

모두가 날 외면할 때 난 겁이 나서 소리쳤어

이거 해라 저거 해라 잔소리해 왜? 왜?

세상은 바뀌지 않나 봐

우리가 처음 도쿄에서 공연을 할 때는 열 명 남짓 공연장을 찾아주었다. 그런데 공연을 거듭할수록 객석이 점점 메워졌다. 그로부터 꼬박 한 달 후, 드디어 막공날이 찾아왔다. 공연장이 엔티플로 가득 채워졌다. 감동의 순간이었다.
너무 신기하고 뿌듯했다.
우리가 더 빨리 커서 관객들이 더욱 좋은 공연장, 좋은 좌석에서 공연을 즐길 수 있도록 해드리고 싶었다.

겨울, 도쿄

도쿄의 마지막 공연

도쿄에서 마지막 공연, 멤버들 한 명 한 명이 엔티플에게 쓴 편지를 읽었다.

엔티플에게 너무도 감사한 마음이 엉켜 편지를 읽으며 우리는 참 많이 울었다.

하염없이 흘러내리는 눈물은 누구를 위한 것이었을까.

우리를 위해 엔티플이 깜짝 이벤트로 슬로건을 들어주었다.

그 모습이 너무 예뻐서 아직도 그날의 그 광경이 내 머릿속에 선명하게 박제되어 있다.

내 인생에서 아주 강렬했던 하루, 잊을 수 없는 순간이었다.

아무래도 나는 무대 체질인 듯하다.

무대에서는 뭘 해도 재밌고 신난다. 그런데 무대 아래에서는 뭘 해도 귀찮고 하기 싫다. 특히 무대에서 공연에 모든 것을 쏟아붓고 숙소에 돌아오면 녹초가 된다. 곧바로 침대에 쓰러진다. 메이크업 지울 힘도 없다.

그런데 지금 생각해보면 무대에서 많은 에너지를 쏟아서 실제로 힘이 없기는 하지만, 무대를 불사르고 내려오면 가슴 한켠이 텅 빈 느낌이다. 공허하고 쓸쓸한 느낌! 아니 허탈한 느낌이랄까.

이 무대는 우리를 어디로 데려다줄까?

하루하루의 무대가 우리를 가고 싶은 곳으로 데려다주는 양탄자가 되어줄 것이라 믿는다.

공연이 끝나면 항상 밀려오는 감정은 뿌듯함이었고, 공연의 여운이 오래 남았다.

첫 일본 투어를 끝내고 다시 도쿄로 와서 텅 비어 있는 공연장에 섰을 때 엄청 울었다. 불이 다 꺼지고 아무도 없는 공연장에 딱 서 있는데 마음 한쪽이 뻥 뚫리는 느낌이었다. 일본에서 마지막 공연은 더더욱 힘들었다. 내가 이만큼 더 슬프게 울 수 있을까 싶었던 날들 중에 하나였다.

옛날에 강아지를 키우다 이별했을 때도 그렇고, 강아지와 이별한 후에 며칠 동안 아무것도 먹지 못하고 움직이지도 못했다. 그때 생각이 날 만큼 힘들었다.

호준

겨울, 도쿄에서의 마지막 공연날.

팬들에게 특별한 선물을 하고 싶어 당시 미발매 곡이었던 <SUBWAY>를 들려드렸다. <SUBWAY>는 미발매 곡이었지만 당시 내가 자주 듣던 곡이기도 했다. 꼭 나한테 곡을 누르는 버튼이라도 있는 것처럼, 지하철을 타면 자동으로 귀에 이어폰을 꽂고 이 노래를 들었다. 그리고 많은 위로와 공감을 얻었다. 지친 나에게 힘을 주고 새로운 숨결을 불어넣어 주었다. 노래의 힘은 참 대단하다. 채 3분도 안 돼 사람의 마음을 치유해준다.

이런 나의 마음이 노래로 도쿄의 팬들에게 그대로 전해지기를 바랐다. 그럴 것이라고 믿는다.

> 선택의 자유없이 세상으로 나오게 된 후
>
> 내가 겪는 모든 일의 과정에서 생긴 이유
>
> 사람과 사람 사이 또는 혼자하는 싸움
>
> 의미 없다는 걸 알면서도 눈 감았다 뜨면 다시 반복, ayy
>
> 괜찮아도 괜찮지가 않네 왜
>
> 종일 내 기분 속 내리는 heavy rain
>
> 어린 척하고 싶은 어린 애지만
>
> 이 열차의 공기는 어른들로 가득해서
>
> 나도 어른이 되어가는 건가 봐, what?

겨울, 도쿄

5

은호

그토록 기다리던 두 번째 컴백이 다가왔다.

얼마나 기다렸던지 현실인 듯 현실 아닌 것 같았다.

우리는 아직 반도 보여주지 않았다.

우리의 행보를 온 우주가 지켜보고 있는 것만 같았다.

첫 음악 방송, 블랙홀

블랙홀 첫 음악 방송 때였다.

몇 년 동안 똑같은 곡을 얼마나 연습했는지 모른다. 최고의 무대를 상상하며 칼같이 각도를 맞춰 춤추며 연습을 하고 또 했다. 무대 아래에서 우리가 절규하며 연습했던 그 실력을 드디어 무대에서 보여주고 세상에 알려지는 순간이었다.

그동안 말로만 들었던 카메라의 빨간 불빛들이 보이자 벅찬 심장이 요동쳤다. 무대에 서기 직전, 온몸이 굳었다. 그때를 생각하면 아마추어 같기만 하다.

겨울, 도쿄

'별것도 아닌데 그때 왜 그랬을까?

지금도 생각하면 할수록 이불킥을 하고 싶다.

미래의 어느 순간에 지금의 나를 돌이켜봤을 때 후회 없이 보
내고 싶다. 오늘을 떠올릴 미래의 그 순간을 생각하며 오늘 하
루도 충실히!

<ODD HOUR> 컴백

2020년부터 지금까지 쉬지 않고 달려온 우리, 그동안 우리는 많은 것을 얻고 많은 것을 잃었다. 무엇보다 우리의 몸에 맞는 우리의 색깔을 찾아냈다.

우리는 다시 첫 번째 정규 앨범 <ODD HOUR>로 컴백을 준비했다. <피크 타임>과 마찬가지로 이 앨범 또한 일본에서 공연을 하면서 준비했다. 공연이 끝난 다음 연습실을 빌려 안무를 만들고 동선을 체크하며 한국에서 컴백할 준비를 했다.

로현이 형의 프로듀싱으로 진행된 이 앨범은 우리의 성장을

겨울, 도쿄

잘 보여주고 있다. 그동안 우리는 좀 아니 어쩌면 많이 성장했고, 우리가 부족하고 빈 지점이 어디인지도 알게 되었다.

우리는 <ODD HOUR> 앨범에 그 부침을 고스란히 담았다.

2023년 12월 18일 월요일.

어느덧 우리의 다섯 번째 일본 방문, 도쿄는 네 번째였다.

가랑비가 조금씩 내리는 날이었다. 여느 때와 마찬가지로 모든 준비를 마치고 핸드폰으로 날씨를 확인하고 밖을 나섰다. 겨울, 매서운 바람이 얼굴을 에이듯 차갑게 스쳤다. 윤혁이 형한테 패딩을 빌려 입었다. 그런데 언젠가부터 패딩을 잘 안 입게 되었다. 왠지 나한테 안 맞는 옷을 입은 것처럼 머리 끝에서 발끝까지 어색함이 온몸을 감돈다.

겨울, 도쿄

붉은 해가 저 멀리 산 너머로 서서히 넘어가고 달리는 차 안은 고요함이 흘렀다. 창문은 누군가 입김을 불어넣기라도 한 것처럼 희뿌연 창으로 변한 지 꽤 오래되었다. 그 창에다 무슨 그림을 그리면 어울릴까 생각했다.

도쿄 공항에 도착했다.
공항은 여전히 사람들로 북적거렸다.
모두 어딘가에서 왔고, 어디론가 가고 있는 사람들 바깥 공기와는 다르게 공항 안은 더운지 외투를 벗어 손에 들거나 캐리어 위에 올려둔 사람들이 많았다.
나도 그중 한 사람이었다. 이마에 맺힌 땀방울이 얼굴에 흘러내리자 패딩을 벗어 곱게 개어 내가 앉아 있던 의자 위에 얌전히 올려두었다.
그리고 너무도 자연스럽게 그대로 비행기에 올랐다. 어딘가 좀 허전한 느낌이었지만, 발걸음 경쾌하게 비행기에 빠르게 올랐다. 아뿔싸! 비행기 의자에 앉자마자 패딩을 두고 왔다는 사실을 깨달았다. 다시 나갈 수도 없고 어떻게 해야 하나 진땀이 흘렀다.

다행히 나의 구세주 스태프 형이 좁은 비행기 통로를 지나 나에게 가져다주었다.

"감사합니다."

인사를 건네고 곧바로 휴대폰으로 윤혁이 형한테 메신저를 보냈다.

"형, 죄송해요!"

너무도 긴 5분이었다. 그 5분 동안 내 심장은 100미터 달리기를 한 듯 쉴 새 없이 요동쳤다.

공항 패딩 사건은 나에게 주는 경고일지도 모른다.

"호준아, 정신 똑바로 차려!"

겨울, 도쿄

호준

한여름이 되기 전 우리는 다시 일본으로 왔다.

이번에는 뭔가 좀 달랐다. 무대 공간이 이전보다 훨씬 커졌고 객석의 자리도 훨씬 많이 준비되어 있었다. <피크 타임>을 보고 찾아와준 분들이 많았다. 비록 <피크 타임> 때문에 아팠지만, <피크 타임>으로 우리 이름을 알렸다. 그날 니쇼홀 공연장에 있었던 한 분 한 분이 애틋했다. 참 감사했다.

우리를 치유하기에 충분했다.

추억은 우리의 머릿속에서 필름처럼 되돌리며 그리움을 만든다. 분명 추억 속에는 아픈 기억도 좋은 기억도 있다. 그런데 시간이 흘러 추억의 빛이 바라면 점점 아픈 기억은 흐릿해지고 좋은 기억이 남는다. 그래서 그리움이 남는다. 그리움은 사랑의 감정이다.

그날, 니쇼홀 공연장에서의 우리, 그곳에 있던 분들이 생생한 그리움으로 떠오르는 것도 좋은 기억으로 남아 있기 때문일 것이다.

우리의 일본 공연이 그날, 하루 2회 공연만 남아 있어 아쉬운 마음뿐이었다. 일본 일정이 마무리되는 것도 우리의 공연이 끝나는 것도 아쉬웠다.

그사이 우리는 훌쩍 자라 있었고, 니쇼홀 공연장은 그렇게 내 머릿속에 좋은 추억으로 남았다.

겨울, 도쿄

한번은 멤버 2명이 아파서 6명이 공연을 한 적이 있다.

우리 6명도 컨디션이 그닥 좋지는 않았지만, 당일날 공연을 취소하는 일은 결코 있을 수 없다. 우리는 공연을 강행했고, 2명의 빈자리를 메우기 위해 공연에 더욱 집중하고 열심히 했다.

새로운 경험이었다. 비록 2명의 빈자리가 있었지만, 그 상황에서는 빈자리보다 6명의 무대에 집중하는 게 탁월한 선택이었다!

부족하면 부족한 채로 그때 상황에 최선을 다하면 결과는 중요하지 않다! 그게 또 다른 새로운 시작이 될지도 모른다.

NTX
ユニット撮影組み合わせ

1部 1.Hyeong Jin×Yun Hyeok
2.Jae Min×Chang Hun
3.Ho Jun×Raw Hyun
4.Eun Ho×Seung Won

2部 1.Hyeong Jin×Seung Won
2.Jae Min×Yun Hyeok
3.Ho Jun×Eun Ho
4.Raw Hyun×Chang Hun

♥ NTX 特典会順番

①個人サイン会*20秒
②個人セルカ撮影＆個人チ
＆個人動画*15秒
③ユニットセルカ2枚

特典会中写真撮影禁止出来ます
終わった方からご退出をお願いいた

날것 같은 멋

메인보컬은 노래를 잘 불러야 하기 때문에 계속 노력을 한다. 최근에 회사에서 보컬 선생님을 모셔주셔서 연습에 매진하고 있다. 그리고 틈틈이 시하랑 함께 노래를 들으면서 안무를 짜고 있다.

지루할 틈이 없는 구성, 8명의 멤버를 효율적으로 활용하는 퍼포먼스에 무엇보다 집중한다. 무대에서 강렬함을 보여주는 안무가 중요하다고 생각한다.

준비되지 않은 날것 같은 멋, 동시에 라이브 집중도까지 다 보여드리고 싶다.

언제부턴가 사운드 클라우드에 개인 계정을 만들어서 내가 만든 곡을 올리기 시작했다. 이 계정에는 조금은 감성적인 곡들을 올린다.

원래 내가 주로 하는 곡들은 슈퍼비나 비와이처럼 텐션이 높은 플로어랩을 하는 편이다. 그런데 어느 순간부터 멜로디가 있는 좀더 대중적인 노래를 만들고 싶다는 생각이 강하게 들어 '이모션 힙합' 쪽의 곡들을 올리기 시작했다.

말랑말랑한 비트 위에 사랑과 이별 이야기 등을 담은 감성적인 랩이다.

겨울, 도쿄

사운드 클라우드에 올라가 있는 곡들 중에서 <미안해>를 꼭
들어보셨으면 좋겠다.

같은 길은 걷지 않으려 해

입장 바꿔 생각해도 나는 못됨

너란 Trap에 갇혔어 지웠어 핸드폰

번호 네가 보이는 곳은 몸을 숨겼어

Why afraid

이 악몽도 마침표에 살아 네 맘 몰라 한적 없어

어떤 사건이건 너를 기억하고 있어 나의 오감

발을 접으려고 해도 닿잖아 너의 허상

딥하게 만들어내

이제는 말할게

팀 활동을 처음 시작할 때만 해도 내가 곡을 만든다는 생각은 전혀 해보지 않았다. 그런데 멤버들이 하나 둘씩 곡을 만들기 시작하면서 나도 자연스럽게 곡을 만들게 되었다.

개인곡은 처음에는 피처링으로 시작해 두세 곡을 자연스럽게 만들게 되었다. 그중 <이제는 말할게>는 유독 애착이 가는 곡이다.

짝사랑한테 용기내어 고백하는 내용을 담은 곡인데 팬들에게 쓴 곡이다.

공연에서도 몇 번 불렀다.

겨울, 도쿄

그런데 아직 멜로디도 가사도 만족스럽지가 않아서 정식 발
표는 안 하고 있다.
너무 서두르지 않고 흐름에 맡겨 보자!

너를 처음 본 순간부터 시간이 멈추듯

내 인생의 챕터가 바뀌고

파란만장한 시간 너머 너에게 말할게

사랑한다고

사랑한다고

사랑한다고

진심이야 이제는

말할게 많이 좋아해

밴드 음악과 힙합

지금 나는 힙합을 하고 있지만, 원래는 밴드 음악을 좋아한다. 아마도 음악의 구성에서 밴드 음악이 사운드가 훨씬 더 풍성해서인 듯하다. 기타, 드럼, 베이스, 보컬 등이 어울려 만들어 내는 밴드의 사운드는 나의 음악 세포를 자극한다.

이런 사운드도 사운드지만, 이야기를 전달하는 방식도 마음에 든다.

힙합이 마치 '내가 최고야!' 하는 느낌이라면, 밴드 음악은 내 이야기를 감성적으로 잔잔하게 들려주는 느낌이다. 밴드 음악을 듣고 있으면 내 이야기를 들려주는 것 같아 좋다. 내 이

겨울, 도쿄

야기를 팬들에게 좀 더 공감하면서 들려줄 수 있을 것 같다. 그래서 훨씬 더 많은 이야기가 나오기도 한다.

이번 브라질 공연에서 불렀던 <돈 두 댓>은 이런 나를 가장 잘 표현한 듯하다.

어떤 것이 맞는 건지
이제는 알아
시간은 무서워 빨리 흘러가
그때 나는 어디에

나를 웃게 해주는 멤버들

가끔 이런 생각을 한다.
NTX, 우리는 어떤 인연으로 만났을까?
서로에게 가족이자, 친구, 형이자, 동생,
같은 일을 하며 같은 곳을 바라보는 동료이기도 하다.
매일 아침 같이 눈뜨고 같이 잠들고
같은 시간을 공유하는 우리가 꾸며가는 매일의 일상.

그날이 그날 같을 듯하지만
그래도 워낙 텐션들이 좋아서 재미있다.

겨울, 도쿄

지루할 틈이 없다.

힘들어도 멤버들과 함께 있으면 웃게 된다.

그래서 고맙다.

하지만 우리는 안다.

힘들다고 소리 내어 말하면 더욱 힘들어진다는 걸.

힘들다고 말하는 대신 우리끼리 소리 내어 웃다 보면 정말 웃을 일이 생기고, 마음도 한결 가벼워진다.

후회를 후회하지 않기 위해

윤혁

아마도 '후회'라는 말은 지금 나에게 가장 필요 없는 말이 아닐까.

후회는 나의 잘못된 선택과 불안한 감정들로 생기는, 그저 일시적인 좌절과 이유 없는 모멸감을 느끼는 행동이라고 생각한다. 지금 나에게 가장 쓸데없는 감정이다.

내가 잘못된 선택이나 행동을 하면 곧바로 반성하면 된다.

나의 내면과 마주하고 어디서 무엇이 잘못되었는지 찾아보면 된다.

겨울, 도쿄

좀 더 깊이 들어가자면, 법을 어기는 범죄가 아닌 이상 그저 도덕적인 잣대로 그릇된 행동을 했다면 후회보다는 반성이 먼저다. 다음에는 그런 잘못을 하지 않는 게 중요하다.

설령 내가 한때 잘못을 했다고 해도 그 시간들을 깡그리 후회하진 않는다. 나를 자책하지는 않는다. 그때의 내가 있었으니 지금의 내가 있는 거다. 그리고 그만큼 성장했을 것이다.

아, 그런데 후회하는 일이 하나 있기는 하다.

처음 연습생 생활을 시작할 때부터 영어 공부를 좀 더 열심히 해둘걸!

이것도 후회라면 후회일까?

그래, 지금부터라도 하면 된다.

후회를 후회하지 않기 위해서!

F
입
니
다
만

나는 마음이 힘든 게 싫다.

그래서 힘들었던 기억을 잘 떠올리지 않는다.

그때를 기억하면 여전히 힘들고, 지금은 그 시간마저 아깝다

고 느끼기 때문이다.

"저는 MBTI F입니다."

겨울, 도쿄

비록 <피크 타임>에서 좋은 결과는 얻지 못했지만 우리에게 많은 선물을 안겨주었다. <피크 타임>을 보고 엔티플이 된 팬도 많고, 우리의 주장도 더 확실하게 할 수 있게 되었다. 이전에는 회사에서 시키는 대로 했다. 욕을 먹으면 욕을 먹는 이유가 있으려니 생각했다. 그렇게 해서 얻은 게 너무 없었다.

그런 우리의 생각을 정리해서 회사에 말씀드렸다. 이후부터 많은 게 바뀌었다. 우리가 좀더 적극적으로 우리 일에 매달릴 수 있었다. 이런 우리를 보며 회사에서도 우리에게 조금의 리스펙이 생긴 듯했다. 더 빨리 이야기했더라면 좋았을걸!

하고 싶은 말이 있다면 속으로만 끙끙 앓지 말고 그 말들을 논리적으로 정리해서 말하기. 아무리 친한 사이라도 내 생각을 말하지 않으면 상대는 모른다. 내가 원하는 게 무엇인지도 정확히 알지 못한다.

'왜 내 생각을 몰라줘!'
이런 액션을 아무리 취해도 상대는 '쟤가 왜 저러나' 어리둥절할 뿐이다. 자신의 마음은 자신만 아는 것이다. 내가 원하는 것을 가장 빨리 얻을 수 있는 방법은 '나는 이것을 어떠한 이유로 원한다'라고 명확하게 이야기하는 것이다. 갈등이 생겼을 때, 문제가 생겼을 때도 마찬가지다. 내가 왜 마음이 불편했는지를 이야기하다 보면 문제를 해결할 수 있는 실마리를 찾을 수 있다.

우리에게 리스펙!

겨울, 도쿄

미
치
지
않
으
면

시하

물론 우리는 성공을 꿈꾼다.

그렇게 믿고 오늘도 움직인다.

무엇이 우리를 움직이게 할까? 솔직히 회사를 믿는 것도 나를
믿는 것도 아니다. 오로지 멤버들만 믿고 움직인다. 여기서 멈
추기엔 너무 아까운 사람들이고, 우리의 노력이 물거품이 되
기엔 너무 많은 피땀이 녹아 있다.

어느 날은 잘할 수 있을 것 같고,

어느 날은 이렇게 해서 과연 될까 싶다.

겨울, 도쿄

마음의 담금질, 그럼에도 불구하고 나는, 우리는 여전히 함께
같은 길을 가고 있다.
이거면 된 거다!
우리가 지금 여기에 있는 이유.

미치지 않으면 도저히 갈 수가 없는 길이다.

겨울, 도쿄

NTX, 청춘의 기록

초판 인쇄 2025년 12월 26일
초판 1쇄 2026년 1월 1일

지은이 NTX(형진, 윤혁, 로현, 시하, 창훈, 호준, 은호, 승원)
펴낸이 정은영
편집 윤은미
디자인 pica(
제작 협력 빅토리컴퍼니
마케팅 양초희

펴낸곳 마리북스
출판등록 제2019-000292호
주소 (10542) 경기도 고양시 덕양구 청초로10 GL메트로시티 A2동 1001호
전화 02)336-0729, 0730
팩스 070)7610-2870
홈페이지 www.maribooks.com
Email mari@maribooks.com
인스타그램 @themaribooks
인쇄 (주)신우인쇄

ISBN 979-11-93270-47-9 (04810)
SET 979-11-93270-46-2 (04810)